Bruño

Directora de la colección:
Trini Marull

Editora:
Cristina González

Ilustraciones:
Birgit Rieger

Traducción:
Rosa Pilar Blanco

Diseño de cubierta:
Miguel Ángel Parreño

Título original: *Hexe Lilli und das Gebeimnis der Mumie*
© Arena Verlag GmbH, Würzburg, 1999
© Grupo Editorial Bruño, S. L., 2000
  Maestro Alonso, 21
  28028 Madrid

AKS64000070
ISBN: 84-216-3745-2
Depósito Legal: M-298-2003
Impresión: HUERTAS, Industrias Gráficas, S. A.
Printed in Spain

KNISTER

KIKA
Superbruja
y la
momia

ⓑ Bruño

4.ª edición

Al final de este libro
encontrarás dos auténticos
trucos egipcios.
Pero no seas impaciente
y... ¡espera a llegar
a la página 111!

Ésta es Kika, la superbruja protagonista de nuestra historia. Tiene más o menos tu edad y parece una niña corriente y moliente. Bueno, en realidad lo es…, aunque no del todo. Y es que Kika posee algo muy poco común: ¡un libro de magia!

Una mañana, Kika encontró ese libro junto a su cama. ¿Que cómo llegó a parar allí? Ni idea.

Kika sólo sabe dos cosas: que la atolondrada bruja Elviruja se lo dejó olvidado en un descuido, y que el libro contiene auténticos encantamientos y loquísimos trucos de bruja. Kika ya ha probado algunos. Pero ¡cuidado…!

Será mejor que no intentes imitar los conjuros de Kika, porque…

Si al leer una palabra te equivocas,
tu cepillo de dientes se convertirá en escoba;
tu profesora, en una monstrua abominable,
y el helado que te estás comiendo,
en un pepinillo en vinagre.

Por si acaso, Kika Superbruja no le ha hablado a nadie de su fantástico libro. Es, como si dijéramos, una bruja auténtica, pero secreta. Ha ocultado la existencia del libro de magia incluso a Dani, su hermano pequeño, y esto no le ha resultado nada fácil, pues Dani es muy, pero que muy curioso, y a veces hasta puede resultar algo plasta. Pero, a pesar de todo, Kika le adora.

Bueno… y a continuación, ¡sumérgete en el placer de la superlectura con las aventuras de Kika Superbruja!

Capítulo 1

Dani se ha roto un brazo y papá y mamá lo han llevado al hospital. Ahora está sentado en la habitación de Kika, y mientras habla sin parar no deja de darse golpecitos en la escayola.

—¿Sabes, Kika? ¡En el hospital me hicieron una foto chulísima! Parecía la de un esqueleto…

—Tu hermano quiere decir que le hicieron una radiografía del brazo —puntualiza su madre desde el baño.

—Sí, se veía todo el hueso… —continúa Dani, que parece muy impresionado.

15

—El médico nos dijo que sólo se trata de una pequeña fisura —añade su padre desde el salón—. Afortunadamente, Dani no se ha roto del todo el brazo…

—¡El médico no dijo eso! —le contradice Dani—. Dijo: «Brazo no estarrr todo roto.»

—Es verdad. Era egipcio y no hablaba demasiado bien nuestro idioma —explica su padre—. Al parecer, ha venido desde su país para especializarse aquí.

—¿Especializarse? ¡Pues yo creo que era todo un especialista poniendo vendajes y escayolas! —comenta Dani mientras se mira el brazo con orgullo.

Kika se alegra de que su hermano pequeño no tenga nada grave, así que... ¿por qué no tomarle un poco el pelo? Eso le distraerá y ella podrá divertirse un rato.

—Has tenido suerte de que te haya tocado un médico egipcio —le dice—. Los egipcios son los mejores del mundo en cuestión de vendajes. Hace miles de años ya vendaban a los cadáveres, ¿sabes? A lo mejor tu médico era uno de esos expertos en preparar momias...

Dani mira a su hermana con los ojos abiertos como platos.

Kika está encantada. Ha conseguido captar toda la atención de su hermano, y tras darle unos golpecitos en el brazo escayolado añade:

—Parece un sólido vendaje de momia…
¡Buen trabajo!

—No me gusta que bromees con esas cosas, Kika —se oye la voz de su madre—.
Vas a asustar a tu hermano con tus historias de muertos.

—¿Muertos…? —repite Dani en voz muy
baja, tragando saliva.

Kika asiente con aire misterioso, y añade
entre susurros para que sus padres no
puedan oírla:

—Las momias son muertos envueltos en
vendajes para que sus cuerpos no se des-
compongan con el tiempo. Si yo fuera tú,
jamás me quitaría esa escayola, porque
así no se te pudrirá el brazo aunque lle-
ves muchos siglos muerto…

—Sí, pero… —empieza a dudar Dani.

Kika le interrumpe al instante y levanta la
voz:

—Mamá, ¿a que las momias resistían miles de años sin pudrirse porque estaban vendadas de pies a cabeza?

—Es verdad —contesta su madre.

Dani se ha quedado patidifuso.

—Eso significa que…

—¡Chsss! No hables tan alto —le interrumpe Kika—. Hablar en voz alta es perjudicial para la momificación…, sobre todo durante los primeros días.

—¿Significa eso que mi brazo ya no puede morir? —pregunta Dani entre susurros.

—Sí, mientras permanezca vendado —confirma Kika.

—Y si me caigo por una ventana o me pilla un coche, ¿mi brazo seguirá viviendo?

—Yo diría que sí —responde Kika mientras pasa la mano por la escayola de

Dani, como si quisiera comprobar su estado—. Mala suerte para ti..., ¡y buena para tu brazo! Naturalmente, si sucediera algo parecido, yo te serraría el brazo e intentaría enseñarle a hablar.

Dani retira su brazo aterrorizado.

Kika coge de la estantería un libro titulado *Los misterios de los faraones* y pasa algunas hojas hasta encontrar el capítulo que busca. Entonces le enseña a su hermano la ilustración de una momia.

—¡Ese hombre está vendado de arriba abajo! —comenta Dani, asombrado—. ¿Qué le pasó? ¿Se rompió todos los huesos?

—Seguramente le pasó por encima un ciempiés gigante del antiguo Egipto... —afirma Kika antes de añadir, divertida—: Pero tuvo suerte. El vendador de momias le salvó la vida. Y sigue vivo todavía hoy.

—¿De verdad? —Dani parece dudar de las palabras de su hermana.

—¡Pues claro! Todo el mundo puede verlo —responde Kika muy seria.

—¿Dónde?

—Pues en el museo arqueológico, claro.

Dani, que no se fía demasiado de Kika, pregunta a su madre a voz en grito:

—Mamá, ¿en el museo arqueológico hay momias de verdad?

—Sí, y justo ahora se celebra una exposición extraordinaria con piezas encontradas en las pirámides y en cámaras sepulcrales subterráneas; lo he leído en el periódico.

—¿Y las momias están vivas… aunque les haya pasado por encima un ciempiés gigante?

Mamá comprende en el acto quién le ha contado semejante

22

patraña a Dani y exclama con voz enfadada:

—¡Kika!

Pero Kika no hace caso. Está enfrascada en la lectura de su libro sobre el antiguo Egipto. ¡Lo que cuenta es tan emocionante y horrible a la vez…!

—¡Kika! —vuelve a llamarla su madre.

La voz procede de la cocina, y Kika, resignada, se dirige hacia allí. En cuanto ve a Dani sentado en el regazo de su madre con cara de susto, Kika se da cuenta de que se ha metido en un buen lío.

—¿Sí, mami? —pregunta con aire inocente.

—¿Te importaría explicarme qué es todo eso de las momias vivientes? —dice su madre con el ceño fruncido.

Kika reflexiona unos instantes antes de contestar:

23

—Bueno, pues que los muertos eran embalsamados y vendados para que siguieran viviendo en forma de momias.

—Eso no es así —replica su madre.

—¡Pues claro que lo es! —se defiende Kika—. Los antiguos egipcios así lo creían. Hasta guardaban alimentos en las tumbas para que las momias tuvieran algo que comer. Lo dice el libro que me regaló la abuela. Compruébalo si quieres.

—¿Enterraban a la gente… viva? —pregunta Dani.

—No, Dani, ya estaban muertos —responde Kika—. Aunque… la verdad es que a algunos sí que los enterraban vivos en las pirámides; por ejemplo, a los arquitectos y a sus ayudantes. Los encerraban con las momias de los faraones para que no pudieran contar su secreto a los ladrones de tumbas.

—¿Su secreto...? ¿Qué secreto? —sigue preguntando Dani.

—El del lugar exacto de la pirámide donde se encontraba la cámara funeraria.

Dani sigue sin entender una palabra.

—Creo que no deberíamos seguir hablando de estas cosas —opina mamá.

Pero Dani quiere saberlo todo sobre egipcios, faraones, tumbas y pirámides, y está empeñado en ver el museo de las momias. Como es lógico, Kika también está deseando visitarlo:

—¡Anda, mamá, déjanos ir, por favor!

—Está bien, Kika; hablaré con tu profesora, la señorita Marina. A lo mejor ella puede organizar una visita escolar —responde su madre con un suspiro de resignación—. Y ahora, ¿qué os parece si nos vamos a tomar un helado? Dani se lo ha ganado. ¡Se ha portado como un valiente!

Dani asiente entusiasmado, y aunque Kika se da perfecta cuenta de que sólo es un truco de su madre para distraer su atención de las momias, piensa que un helado tampoco está mal… Su libro sobre el antiguo Egipto puede esperar. Al fin y al cabo, ¡lleva una eternidad en la estantería de su habitación!

Dani se olvida enseguida de las momias, hasta que Kika comenta en la heladería:

—¡Qué rico está este helado! ¡Y qué frío! Frío como el hielo. Como las momias en sus tumbas… —pero la mirada severa de su madre le hace enmudecer en el acto.

Por suerte, Dani vuelve a distraerse con la sombrillita de papel de su helado, y al instante empieza a jugar con ella.

De nuevo en casa, Kika coge otra vez su libro sobre el antiguo Egipto. Observa las ilustraciones de las momias y se entera de que los egipcios extraían el corazón, los pulmones y el hígado de sus muertos para guardarlos en recipientes especiales de barro que colocaban junto a los sarcófagos. A Kika se le revuelve el estómago sólo de pensarlo y pasa rápidamente la hoja.

En la página siguiente, las momias ya están secas, embalsamadas y vendadas.

A continuación cubrían sus caras con valiosas máscaras de oro y las depositaban en pesados sarcófagos de piedra.

Kika sigue pasando hojas y empieza a leer el capítulo de las pirámides y las cámaras funerarias. No es tan horrible como el anterior, pero sí igual de emocionante.

Algunas pirámides tienen más de cuatro mil años de antigüedad, según dice el libro, y además son altísimas: ¡miden más de cien metros! Es increíble que los egipcios consiguieran apilar tantos millones de bloques de piedra sin la ayuda de grúas. Los arquitectos tenían que dibujar planos secretos que indicaban el emplazamiento exacto de la cámara funeraria del faraón, y después se ocultaba lo mejor posible el acceso a esa cámara. Además, para ponérselo más difícil a los ladrones de tumbas, las pirámides estaban llenas de pasadizos que no conducían a ninguna parte, y de trampas y todo tipo de complicados

mecanismos que suponían una muerte segura para los saqueadores.

—¿Qué son esas cosas? —le pregunta de repente Dani.

Kika da un respingo, sobresaltada. No se ha dado cuenta de que su hermano ha entrado en su cuarto y está mirando el libro por encima de su hombro.

—Esas cosas se llaman pirámides, y son tumbas gigantescas —responde ella—.

Tumbas para los faraones, que eran unos reyes muy ricos y poderosos que vivían en Egipto.

—¿Y eran tan altos que necesitaban unas tumbas así de grandes?

—No, pero sus tesoros sí que eran enormes, y se los llevaban a la tumba para emprender su largo viaje después de la muerte.

Dani está empeñado en saber más cosas de los antiguos egipcios y sus extrañas costumbres.

—¿Qué es eso? —pregunta señalando el dibujo de un pasadizo secreto situado en el interior de una pirámide.

—Un pasadizo falso que servía para conducir a los ladrones de tumbas por un camino equivocado. Cuando se metían por este túnel en busca de los tesoros del faraón, tenían que pisar esta losa de piedra, se accionaba un mecanismo y...

—¿Y...? ¿Qué pasaba entonces?

—Pues que un enorme bloque, también de piedra, se deslizaba desde arriba hacia el pasadizo. Podía pesar entre diez y quince toneladas... ¡Más que diez coches juntos!

—¿Y qué?

—¿Cómo que «y qué»? Imagínate que estás en el pasadizo y ves cómo ese enorme bloque cae sobre ti a toda velocidad...

—Ah, ya...: ¡Carne picada!

—Eso como mínimo.

Kika pasa la página y señala una lámina que muestra a unas personas iluminando con lámparas de aceite el interior de una cámara funeraria.

—Éstos son egiptólogos —le explica a Dani—. Han llegado a la cámara secreta de una pirámide, pero, como ves, los ladrones de tumbas se les han adelantado. ¡Los tesoros han sido saqueados! En algunas pirámides se encontraron incluso esqueletos de ladrones de tumbas que, mientras buscaban esos tesoros, cayeron en alguna trampa mortal...

Dani parece tan impresionado que Kika empieza a pensar si no sería mejor dejar de contarle todas esas historias. Pero su hermano sigue preguntándole cosas sobre las pirámides, los faraones, las momias...

Por suerte, su padre entra en la habitación justo en ese momento.

—Así me gusta, Kika, que le leas a tu hermano pequeño —dice—. ¿Por cierto, de qué cuento se trata?

Kika se encoge de hombros y Dani exclama entusiasmado:

—Papá, ¿sabías que las tumbas de los faraones tenían trampas mortales?

Su padre frunce el ceño y Kika cierra inmediatamente el libro sobre el antiguo Egipto.

—Me parece que voy a leer un libro de animales… —comenta Kika mientras empieza a rebuscar por la estantería.

Su padre coge de la mano a Dani y dice antes de salir del cuarto:

—Ya es hora de que te vayas a la cama, Kika. Y otra cosa… Mamá y yo vamos a llamar a la señorita Marina para ver si quiere llevar a tu clase al museo arqueológico.

—¡Genial, papá, muchas gracias! —exclama Kika dando saltos de alegría.

Después de lavarse los dientes, Kika se mete en la cama. Pero no consigue dormirse. Tiene demasiadas ideas rondándole por la cabeza. Su libro sobre el antiguo Egipto decía que aún quedan por resolver muchos misterios relacionados con las pirámides... ¡y sería fantástico convertirse en egiptóloga y visitar una de esas cámaras sepulcrales! ¿Quizá con ayuda de su libro secreto de hechizos, utilizando el «Salto de la bruja»? Ya lo ha practicado muchas veces... Sólo hay un problema, y es que para ello necesita un objeto de la época a la que quiere viajar. ¿Dónde podría conseguirlo? ¿En la exposición del museo arqueológico?

Kika sabe de sobra lo arriesgados que son esos viajes en el tiempo. A fin de cuentas, ya ha estado en el Salvaje Oeste y en la época de los piratas, pero seguro

que la era de los faraones es mucho más peligrosa aún... ¿Y si todas esas extrañas figuras que ha visto en las ilustraciones de su libro existieron de verdad?: la terrible esfinge de rostro humano y cuerpo de león, o el terrorífico monstruo con cabeza de cocodrilo...

Lo mejor sería hacer un viaje mucho más corto, a una época menos peligrosa. Por ejemplo, podría retroceder solamente un siglo. En esos años todavía no había demasiados investigadores buscando pirámides y momias de faraones en Egipto, de modo que... ¿quién sabe si Kika podría descubrir también algo?

Lo malo es que, en cuanto se imagina deslizándose por tenebrosos pasadizos, se le pone la carne de gallina. Ya le parece notar el olor dulzón a momias mohosas y medio podridas mientras tropieza con los esqueletos de los ladrones de tumbas... ¡Qué miedo!

Kika decide no precipitarse y meditar el asunto con tranquilidad, así que se tapa la cabeza con las sábanas y se queda dormida.

Al fin y al cabo, los misterios de las pirámides llevan miles de años sin resolverse, de modo que no pasa nada si permanecen en secreto un poco más.

Capítulo 2

A la mañana siguiente, su madre la despierta con una buena noticia:

—A la señorita Marina le ha encantado la idea de organizar una visita escolar al museo arqueológico. Hoy mismo comentará el asunto con el director del colegio.

—¡Genial! —exclama Kika, entusiasmada.

El director del colegio recibe con mucho agrado la sugerencia de la señorita Marina. Incluso decide que la otra clase del mismo curso que Kika se una a la salida extraescolar, que queda fijada para dentro de dos semanas. Total, que Kika dispondrá de tiempo suficiente para preparar la visita a la exposición.

En el colegio se ha desatado una auténtica «fiebre egipcia».

Los niños dibujan antiguos jeroglíficos, construyen pirámides en miniatura, colorean ilustraciones de algunas páginas que Kika ha fotocopiado de su libro…

Y por fin llega el gran día.

ANUBIS   ESFINGE   PIRÁMIDE

Los niños de las dos clases están en la entrada del museo. Tienen que esperar a un guía que irá explicándoles con detalle toda la exposición. En el vestíbulo hay una esfinge, un león gigantesco con cabeza humana. ¿Dejarán trepar por ella?

—No, está terminantemente prohibido —les advierte don Tomás, el profesor de la otra clase—. En los museos no se puede tocar nada. ¡Todas sus piezas son muy valiosas! Seguro que esa esfinge que veis ahí tiene más de tres mil años de antigüedad.

—Pues creo que se equivoca usted en unos cuantos milenios… —replica una voz a sus espaldas.

Se trata de un hombre joven que acaba de reunirse con ellos. El hombre se dirige a la esfinge y, dándole unos golpecitos cariñosos en el cuello, añade:

—Podéis tocarla sin miedo, niños. Le encanta que la acaricien.

41

—¿Qué significa esto? ¿Y quién es usted? —pregunta don Tomás mirando con desconfianza al recién llegado.

—Me llamo Gustavo, Gustavo Martín, pero podéis llamarme Gus —responde el hombre dirigiéndose a los niños—. Soy el pedagogo del museo, y me alegro mucho de que estéis aquí. Os prometo que esta visita será de lo más emocionante. Y, por cierto…

Gus comienza a trepar hasta el lomo de la
gran esfinge, para gran asombro de don
Tomás, antes de añadir:

—Este animalito es mucho más joven de lo
que usted supone… Los trabajadores del
museo lo construyeron para que los niños
pudieran subirse a él, así que, ¡todo el
mundo arriba!

—Con ese pelo tan largo, Gus parece una estrella de rock… —susurra Kika al oído de Mónica, su mejor amiga.

—Intentaré explicároslo todo a medida que vayamos visitando las distintas salas, y espero que me hagáis muchas preguntas —continúa Gus antes de deslizarse por el lomo de la esfinge para darle la mano a don Tomás—. Usted tenía parte de razón sobre la antigüedad de la esfinge —le dice—. El original a partir del cual construimos ésta tiene más de tres mil años. No lo tenemos aquí porque es demasiado pesado para transportarlo. Hemos dotado a nuestra exposición de otras muchas réplicas de construcciones, esculturas y diversos objetos que también pueden tocarse. Así, los visitantes pueden captar mejor la verdadera esencia de la antigua cultura egipcia.

—¡Qué interesante! —interviene la profesora de Kika.

—Usted debe de ser la señorita Marina —dice Gus mientras le da la mano—. Hablamos por teléfono, ¿recuerda? Quiero agradecerle que me enviara los jeroglíficos egipcios que han pintado sus alumnos. Nos hemos tomado la libertad de exponerlos en el museo.

Entre tanto, casi todos los niños se han encaramado al lomo de la esfinge, y a Gus le cuesta un buen rato convencerlos para empezar por fin la visita guiada.

Primero les enseña unos enormes diagramas llenos de fechas para explicarles la antigüedad de las pirámides y las momias. Los niños le hacen un montón de interesantes preguntas, y Gus se da cuenta enseguida de que vienen muy preparados.

—Ya que sabéis tanto sobre el antiguo Egipto, os gustará visitar una sala en la que hemos expuesto el equipo original de una expedición arqueológica. Hace más de un siglo, un tal Friedrich-Wilhelm

Walterbach se atrevió a aventurarse en una tumba inexplorada…

Los niños contemplan llenos de respeto las palas, linternas, carretillas, cuerdas y otros objetos que componen el equipo del antiguo arqueólogo.

—Para que lo comprendáis todavía mejor —dice Gus al cabo de un rato—, hemos construido una réplica de la galería de una tumba. Ahora mismo pasaremos a verla, pero antes tenéis que equiparos con los picos, palas y linternas que encontraréis en la próxima sala.

Los niños entran en un pequeño cuarto en el que encuentran el equipo necesario para emprender una expedición. Todos los útiles parecen antiguos, aunque no lo son realmente. Los trabajadores del museo los han fabricado imitando fielmente los originales.

A continuación, el grupo avanza hasta la galería de la tumba. Allí sí que se necesitan las linternas, porque todo está oscuro como boca de lobo.

Los niños tropiezan con un montón de piedras y cascotes hasta que sus ojos se acostumbran a la escasa luz que desprenden las linternas. El suelo arenoso cruje a su paso, y parece escucharse el escarbar de las palas.

La verdad es que todo resulta de lo más fantasmal…

Al cabo de un rato, Gus carraspea y empieza a explicar:

—Hemos construido esta sala para que os hagáis una idea de cómo trabajaban antes los egiptólogos como el profesor Walterbach. Además, este profesor escribió un diario durante las excavaciones. Voy a leeros unos fragmentos de sus escritos, así que sentaos y prestad atención. ¡A lo mejor a vosotros os entra también la fiebre por los descubrimientos! O puede que incluso descubráis el misterio de la momia de nuestra exposición…

DIARIO

DE

FRIEDRICH-WILHELM WALTERBACH

FEBRERO, AÑO 1881

Jueves

Llevamos ya más de siete semanas excavando con un calor sofocante. A veces tengo dudas de si estaremos trabajando en el lugar apropiado.

A pesar de haber pagado una gran suma de dinero a los funcionarios de El Cairo, sólo dispongo de cuatro semanas de tiempo, al cabo de las cuales caducará mi permiso de excavación. Tengo que alcanzar el éxito para entonces, o estaré arruinado. Si tuviera más tiempo y dinero...

Martes

Ayer descubrimos por fin algo que podría ser la entrada de una cámara funeraria subterránea. Parece un trozo de puerta. Sobre la piedra había unas curiosas inscripciones, aunque todavía no he tenido tiempo de interpretarlas.

Lo malo es que el funcionario de El Cairo encargado de vigilar la excavación piensa que esos signos son de mal agüero, se

ha corrido el rumor y diez de mis ayudantes han abandonado la excavación… Definitivamente, el destino parece estar en mi contra.

Sábado

Con ayuda de los hombres que me quedan he descubierto una gigantesca piedra tallada con motivos decorativos. En mi opinión se trata de una puerta.

Sus dimensiones son tan colosales que es imposible desplazarla un solo milímetro.

El rumor de los malos augurios no cesa. Hoy he perdido otros dos valiosos ayudantes.

¡Y pensar que estamos tan cerca!

Miércoles

Ya hemos limpiado por completo la piedra de la entrada, pero no conseguimos apartarla.

¿Cómo lograrían encajarla de ese modo los antiguos egipcios? Su habilidad no deja de asombrarme.

El funcionario de El Cairo nos aconseja renunciar. Opina que sólo se trata de una piedra destinada a ser transportada hasta una de las grandes pirámides, y que se perdió aquí.

¡Pero a mí no me engaña!

Estoy convencido de que lo que he encontrado no es una simple roca en medio del desierto...

Lunes

La excavación ha adquirido unas dimensiones gigantescas, ya que seguimos avanzando desde la entrada hacia el este.

¡Pero esa ridícula superstición sobre los malos augurios y este calor insoportable dificultan tanto nuestra labor!

Martes

¡Victoria!

Hemos topado con un muro. Parece mucho más delgado que la piedra de la entrada.

He enviado a buscar más gente. Llegarán mañana. Con ellos intentaré perforar el muro. A lo mejor logramos llegar hasta la entrada por el otro lado. En algún sitio tendremos que encontrar un pasadizo...

¡Ojalá los nuevos obreros sean trabajadores y dignos de confianza! He gastado en ellos mis últimos ahorros.

Viernes

Lo hemos conseguido.

Hemos encontrado el pasadizo.

¡Por fin, después de tantas dificultades, la suerte se ha puesto de nuestra parte!

Tras perforar el muro, una galería ha aparecido delante de nuestras narices.

La piedra de la entrada seguramente era un simple truco de los constructores para confundir a los saqueadores de tumbas.

Como es lógico, he intentado entrar de inmediato en el pasadizo, pero el funcionario de El Cairo me lo ha prohibido. Mi contrato de excavación dice que, en caso de éxito, sólo podré penetrar en la cámara funeraria en compañía de un representante del gobierno.

El funcionario ha comunicado la noticia a sus superiores y espera instrucciones.

No me queda sino esperar. ¡Pero me consume la impaciencia!

Domingo

Parece cosa de brujería. Estoy condenado a esperar aquí, cruzado de brazos.

Y justo ahora, algunos de mis ayudantes han enfermado de diarrea. Creo que se debe al agua que bebemos... El cocinero jura y perjura que la ha hervido como siempre, pero lo cierto es que yo no le creo.

Lunes

Otros dos obreros enfermos han abandonado la excavación.

Por fin hemos recibido noticias del gobierno de El Cairo, pero el funcionario sigue prohibiéndome la entrada al pasadizo. Espera la llegada de un experto en antropología egipcia, y sólo entonces podremos empezar. Si no estuviera seguro de que el funcionario también está interesado en la excavación, me inclinaría a creer que sólo trata de impedir que mis esfuerzos tengan éxito.

Miércoles

Es desesperante...

El experto en antropología sigue haciéndose esperar, y a mí se me acaba el tiempo.

Al fin, el funcionario de El Cairo aceptó dejarme entrar hoy con mis hombres en el pasadizo (para ello tuve que desprenderme de mi reloj de oro de bolsillo, por supuesto).

Pero cuando esta mañana al amanecer me disponía a penetrar en el túnel, un espantoso hallazgo ha dado al traste con mi propósito.

Justo a la entrada de la galería han aparecido unos huesos... ¡humanos!

Cráneos y costillas.

Los hombres están fuera de sí.

Creen que una terrible maldición ha caído sobre nuestra expedición, y algunos de ellos han huido en desbandada.

Yo he intentado tranquilizar al resto, explicándoles que alguien nos ha gastado una broma de mal gusto.

Tras apelar al honor y al valor de mis hombres, he logrado convencer a unos cuantos, y hemos vuelto a intentar la entrada en el túnel por la tarde.

Y entonces, otro sobresalto.

En esta ocasión se trataba de serpientes.

No hemos visto ni una sola en todas estas semanas; un escorpión de cuando en cuando…, pero ni rastro de serpientes.

Y ahora, de repente, aparecen a docenas.

Es sencillamente inexplicable.

Y para colmo, justo delante de la entrada abierta.

Ahora algunos sostienen que las serpientes son los guardianes de los muertos que salen del interior de la tumba…

Este incidente me ha hecho perder más ayudantes.

Ya sólo me quedan siete, que mañana temprano se atreverán a entrar conmigo en el túnel.

Hasta el funcionario de El Cairo se niega a acompañarnos… ¡Increíble!

—¡Ahí hay algo que me huele mal! —se le escapa a Kika.

Al instante se tapa la boca con la mano. ¡No quería interrumpir así el relato de Gus! Pero ya es tarde…

Los demás niños empiezan a hablar.

Iván grita:

—¡Eso es *tabosaje!*

—Querrás decir sabotaje —le corrige la señorita Marina—. ¿Entonces crees que alguien pretendía interrumpir deliberadamente las excavaciones del profesor Walterbach?

—¡Justo! —exclama Mónica—. Pero si está clarísimo: primero le dan largas para empezar sus investigaciones, luego está lo del agua envenenada, y por si fuera poco, ¡los huesos y las serpientes!

—Desde luego, no pueden ser casualidades… —afirma Kika.

—Lo mismo pensamos nosotros cuando leímos las anotaciones del profesor —interviene Gus—. Precisamente, esta exposición se titula *El antiguo Egipto: preguntas y misterios,* y su mayor joya es una misteriosa momia que deja muchas incógnitas en el aire…

—Entonces, ¿esa momia y los otros hallazgos de esta exposición proceden de esa excavación? —pregunta don Tomás.

—Claro que sí. Nuestra momia fue descubierta por el profesor Friedrich-Wilhelm Walterbach —responde Gus.

—De modo que el diario del profesor continúa, ¿no es así? —pregunta ahora la señorita Marina.

—Por supuesto, aunque… no estoy seguro de si debo seguir leyendo. La verdad es que a partir de este punto se vuelve aún más emocionante, por no decir terrorífico… ¿No serán sus alumnos demasiado jóvenes para eso? Normalmente, sólo leemos el resto a estudiantes mayores…

—¡Que lo lea, que lo lea! —protestan todos los niños a coro.

Gus se dispone a seguir leyendo, pues de lo contrario la desilusión sería demasiado grande.

—¿Y si eligiéramos una sala algo menos lúgubre que ésta para continuar con la lectura? —propone la señorita Marina.

—¡Queremos oírlo aquí! —gritan los alumnos.

—En fin… Entonces, ¡adelante! —sonríe Gus—. Pero… ¡preparaos para lo que se avecina!

Capítulo 3

Los niños se apiñan alrededor de Gus y se disponen a escuchar. Tras un breve carraspeo, el pedagogo del museo prosigue la lectura del diario.

Jueves

Hoy ha sido un día muy duro. A última hora de la tarde por fin hemos podido adentrarnos en el pasadizo. Por la mañana resultó imposible, pues nos encontramos con que se les había acabado el aceite a todas las lámparas y tuvimos que reponerlo.

Al principio avanzamos sin dificultad. A unos doscientos cincuenta pasos, el pasadizo desembocaba en otra galería transversal (más tarde la mediré con exactitud).

*Intentamos abrirnos paso en ambas direc-
ciones, pero unas pesadas piedras nos lo
impedían. Tras internarnos unos quince
metros por cada uno de los pasadizos, de-
cidí concentrar nuestro empeño en el de la
izquierda. Uniendo todas nuestras fuerzas
logramos despejar otros veinte pasos.*

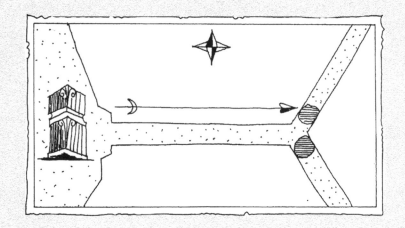

*De repente, dos de mis hombres creyeron
oír unos golpes procedentes de algún lugar
imposible de precisar. Interrumpimos el
avance para escuchar y, en efecto, se oían
unos leves rumores.*

Sospecho que se trataba del eco de nuestros propios movimientos, pero mis hombres tenían una opinión muy distinta... Al fin y al cabo, la gente del desierto es supersticiosa.

Completamente agotados, al anochecer hicimos un alto en los trabajos para ir a descansar al campamento (ni siquiera puedo mencionar la hora exacta en que abandonamos la excavación, porque mi reloj sigue en poder de ese funcionario de El Cairo).

He decidido trasladar mi tienda justo a la entrada de la excavación, desde donde escribo estas líneas.

A pesar de los contratiempos, me siento feliz. Ahora estoy casi seguro de que los pasadizos conducen a una tumba subterránea. Sin embargo, lo que no logro entender es de dónde proceden las piedras amontonadas en su interior.

No es probable que hayan sido colocadas ahí para servir de obstáculos. Son demasiado toscas y están muy mal encajadas entre sí.

Enigmático...

Viernes

De nuevo un día lleno de sorpresas desagradables.

Yo estaba firmemente convencido de que ayer habíamos avanzado más de veinte pasos hacia el oeste, pero hoy hemos comprobado que sólo eran diecisiete.

¿Cómo pude engañarme de esa forma? ¿Se debería al agotamiento?

Poco a poco comienzo incluso a dudar de mi razón.

Tras proseguir el avance, hemos dado con una especie de puerta.

¡Qué alegría tan grande! ¿Se tratará por fin de la cámara funeraria?

Logramos atravesarla con grandes esfuerzos, pero detrás sólo había otro largo pasadizo que enseguida se dividía en dos. Allí las paredes y el suelo estaban completamente limpios.

Sólo había piedras lisas a nuestro alrededor, ni un solo cascote que estorbase nuestra marcha.

Tras dividirnos en dos grupos, nos pusimos rápidamente en marcha. Pero de repente escuché unos gritos que procedían de la dirección que había tomado el otro grupo. Acudimos de inmediato, y ante nuestros ojos apareció una escena espantosa. Dos de  *mis hombres habían sido víctimas de una terrible trampa. Ante ellos se había abierto repentinamente un profundo agujero en el suelo. Un desafortunado movimiento de mis hombres debió de poner en marcha ese traicionero mecanismo…*

Al tiempo que se abría el inmenso agujero en el suelo, una enorme cantidad de arena brotó de una abertura lateral del muro del pasadizo y arrastró sin piedad a los dos hombres hacia el fondo del abismo. Allí había unas estacas afiladas clavadas muy cerca unas de otras, ¡un auténtico bosque de lanzas!

Uno de los dos hombres quedó ensartado, pero, gracias a Dios, la estaca sólo le perforó el muslo. Se desmayó en el acto (una suerte para él, pues no sintió dolor alguno cuando le extrajimos la estaca). Ahora luce una profunda herida en la pierna, pero al menos vive... Milagrosamente, el segundo hombre pasó entre las afiladas estacas sin sufrir daños, y sólo quedó enterrado por la arena. Lo rescatamos enseguida.

La siguiente sorpresa se produjo a continuación, cuando intentamos echar mano a nuestras provisiones para tomar un refrigerio: ¡todo estaba lleno de ranas!

Docenas, centenares de ranas por todos lados... ¡Qué asquerosidad! La comida, destruida. Los nervios, deshechos. Mis hombres, enloquecidos, se precipitaron hacia el exterior. Algunos no pararon de correr hasta llegar a sus casas. ¡Esto es desesperante! Sólo puede tratarse de un sabotaje...

Intenté interrogar al cocinero inmediatamente, pues era el encargado de las provisiones, pero no había ni rastro de él. Incluso se ha llevado todas sus cazuelas y sartenes. Ese canalla debió de organizarlo todo con antelación.

Al parecer, todos se han conjurado contra mí. Bueno, todos no. Dos personas siguen siéndome fieles: un chico llamado Ahmed y su anciano padre. Pero ¿qué puedo hacer sólo con ellos? Para colmo de males, con la caída de la noche ha llegado la tercera sorpresa: el funcionario de El Cairo ha venido a recordarme que sólo me quedan tres días, y para subrayar su advertencia ha traído consigo a la policía.

Ahora hay hombres armados apostados a la entrada del túnel. ¿Qué he hecho yo para merecer esto…?

Sábado

Ahora sí que se acabó todo. El funcionario de El Cairo me ha comunicado que no puedo excavar durante el fin de semana. Mi decepción y mi ira no conocen límites. Sólo me queda el lunes, pero ¿qué voy a hacer en un solo día? Y pensar que estoy tan cerca de mi objetivo…

Ahora quiero concentrar todos mis esfuerzos en cerrarlo todo lo mejor posible. El chico y su padre han prometido ayudarme.

El próximo jueves emprenderé el viaje de regreso a Alemania. Estoy seguro de que allí lograré reunir el dinero necesario para concluir con éxito mis excavaciones.

73

Gus cierra el viejo diario.

—Pero… ¿cómo sigue? ¿Es que ha terminado ya la historia? —quieren saber los niños.

—Las anotaciones del diario terminan aquí, efectivamente, pero la historia continúa, como es lógico. De otro modo, sería imposible que guardáramos en nuestro museo las piezas halladas en esa expedición —explica Gus—. Intentaré ser breve —continúa—: Un museo de Berlín donó el dinero necesario para que el profesor pudiera regresar tres meses más tarde a la excavación con un reducido equipo de colaboradores. Al fin consiguieron entrar en la cámara funeraria, y tuvieron una suerte enorme, porque la tumba no había sido saqueada. A pesar de todo, planteó enigmas increíbles a los investigadores. Enigmas que hoy siguen sin resolverse. Comprobadlo vosotros mismos...

Gus conduce a los niños a la sala principal de la exposición. El brillo de los magníficos tesoros que allí se guardan resulta cegador: estatuas, joyas, diversos utensilios..., que datan del Egipto de hace más de tres mil años.

Y luego, la momia.

Protegida en el interior de una vitrina climatizada, yace junto a su sarcófago de piedra.

Los niños se han quedado boquiabiertos por la impresión, y durante unos instantes, en la sala de los tesoros reina un profundo silencio.

—Antes de que volváis a vuestras casas, quiero hablaros del misterio de la momia… —dice Gus—. Cuando el profesor Walterbach y su equipo encontraron al fin la cámara funeraria, vieron que los tesoros que allí se guardaban permanecían intactos…, pero el sarcófago estaba abierto. Por tanto, alguien tenía que haber estado en aquella cámara antes que ellos…

—¡Pues claro! —exclama Andrés—. Los que habían organizado los sabotajes sólo tuvieron que esperar a que el profesor se marchara, y entonces…

—Pero seguro que ellos habrían saqueado la tumba…, ¿no crees? —apunta don Tomás.

—Eso mismo pensamos también nosotros —confirma Gus—. Sin duda, no fueron ladrones. No se llevaron nada. Sencillamente, es un enigma, sobre todo el asunto de la momia…

—¿Qué pasa con la momia? —quieren saber los niños.

—Bueno, el caso es que no estaba en su sitio, es decir, en este sarcófago de piedra. En un principio, los arqueólogos pensaron que no había momia alguna, pero después la encontraron... Estaba bastante lejos de la cámara funeraria, en un pequeño pasadizo lateral, como si hubiera echado a andar ella solita...

—¡Entonces la momia tenía que estar viva! —sostiene Kika.

—Sea como fuere, todo lo que la rodea es muy enigmático... —añade Gus—. Como veis, os prometí misterios, y he cumplido mi promesa. Ahora ha llegado la hora de despedirnos. Si os ha gustado nuestra exposición, volved a visitarnos. Siempre seréis bienvenidos. Y ¿quién sabe...? ¡A lo mejor conseguís resolver el enigma de la momia! Si es así, hacédmelo saber, por favor.

Todos aplauden, entusiasmados, y Gus se despide con una sonrisa.

De camino a casa, los niños discuten entre ellos: ¿cómo pudo salir la momia de su sarcófago?

A Kika, sobre todo, ese misterio le trae de cabeza. Quiere aclararlo a toda costa. Piensa y piensa hasta que al fin toma una decisión. ¡Hará un viaje en el tiempo! Eso no supone ningún problema gracias a la fórmula mágica de su libro secreto de brujería. Ya lo ha probado varias veces…

El único inconveniente es que necesita un objeto de la época a la que quiere trasladarse, y eso significa que tiene que volver al museo. Pero ¿cómo conseguirá llevarse un objeto de allí? No es probable que le regalen o le presten nada, ¡y a Kika jamás se le ocurriría robar!

De pronto tiene una idea…

79

¡Pues claro! Algunos de los objetos expuestos en la réplica de la excavación arqueológica son piezas originales, y quién sabe si alguna de las palas tendrá adherido todavía algo de polvo… Podría llegar hasta allí sin problemas, y con un par de granitos de arena bastaría.

Está decidido: el próximo fin de semana volverá a visitar el museo para hacer una «limpieza»…

Capítulo 4

Kika lo ha conseguido. Dos semanas y media después, bien entrada la noche del domingo, está sentada al borde de su cama.

En sus manos tiene una cajita con un pañuelo en su interior. Y envuelto en el pañuelo hay un valioso material: unos cuantos granitos de arena de los tiempos de la excavación del profesor Walterbach. Ahora sólo tiene que pronunciar el encantamiento del «Salto de la bruja». ¡Después de tantos viajes, ya se lo sabe de memoria!

Kika aguza el oído. Todo está en silencio. Sus padres y Dani parecen dormir.

A continuación vuelve a revisar cuidadosamente el equipo que ha guardado en
su mochila: linterna, una cuerda larga,
mechero, esparadrapo, bloc
de notas, cámara fotográfica,
chocolatina y, por supuesto,
su ratoncito de peluche.
Lo necesita para regresar
por arte de magia a la
época actual. Además,
siempre le ha traído
suerte.

Kika cierra la mochi-
la, respira hondo y
deja que los grani-
tos de arena se
deslicen entre
sus dedos mien-
tras murmura la
fórmula mágica.
Cierra los ojos y, al
instante, nota que
empieza a flotar...

¡FIUUUU!

Retrocede al Egipto del siglo XIX a una velocidad de vértigo. ¿Qué le aguardará allí? Seguro que no será fácil, pero está decidida a resolver a toda costa el misterio de la momia.

De pronto, Kika nota un terrible calor... ¡El desierto!

Poco después desciende con suavidad. El viaje ha terminado, y cuando Kika abre los ojos, se encuentra rodeada por una tremenda oscuridad. La temperatura ha descendido mucho, y el ambiente es muy húmedo. ¿A qué se deberá? La verdad es que no contaba con eso...

«Ojalá me hubiera traído un jersey», se dice a sí misma.

Pero ¿cómo se le va a ocurrir a alguien equiparse contra el frío cuando piensa viajar al desierto? Kika revuelve en su mochila en busca de la linterna, y cuando por fin la enciende, se lleva un susto de muerte. ¡Una cara ha aparecido justo delante de ella! Kika apaga la linterna con dedos temblorosos y la cara desaparece.

Mientras trata de tranquilizarse respirando profundamente, no deja de preguntarse a quién pertenecerá ese rostro. Al fin, decide encender de nuevo la linterna.

El haz de luz se desliza lentamente por los cascotes y piedras esparcidos por el suelo antes de ascender. ¡Y ahí está de nuevo esa cara! Sus ojos, de un verde intenso, resplandecen con un brillo amenazador. Pero esta vez Kika se da cuenta de que ese rostro forma parte de una pintura realizada en la pared, y sonríe aliviada.

Se encuentra en un pasadizo de unos cuatro metros de ancho por seis de alto que parece no tener fin, ya que, cuando enfoca hacia delante

con su linterna, la luz se pierde sin tropezar con ningún muro o curva. A sus espaldas, sin embargo, el corredor está bloqueado por un montículo de piedras apiladas que sólo deja una pequeña abertura antes de llegar al techo.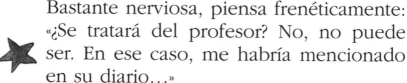

Kika únicamente tiene que avanzar unos pasos para convencerse de que ha aterrizado en el lugar correcto. Las fantasmagóricas imágenes que aparecen a la luz de su linterna son las mismas que vio en la exposición del museo. Además, también recuerda que el profesor Walterbach mencionaba aquel montículo de piedras en su diario.

De pronto, Kika escucha un ruido. Rápidamente apaga la linterna y aguza el oído. El rumor parece venir de muy lejos…

Bastante nerviosa, piensa frenéticamente: «¿Se tratará del profesor? No, no puede ser. En ese caso, me habría mencionado en su diario…»

¡Ahí está otra vez ese ruido! No está segura, pero parece que ahora ha surgido por detrás del montículo de piedras que ciega el pasadizo.

Kika enciende la linterna con manos temblorosas y la luz bailotea sobre el montón de piedras. Está muy asustada. ¿Y si de repente se topa con la momia?

Tal vez se encuentra ahí, tras ese montículo, acechándola... Sólo de pensarlo, Kika siente cómo un escalofrío le recorre la espalda.

—Pero... ¡Gus dijo que eso era imposible! —se dice a sí misma en voz alta—. Las momias están muertas... No tienen corazón, ni pulmones, ni sangre en las venas. ¡Están más resecas que la arena del desierto! ¿O no...?

El eco de sus palabras resuena en la galería, la arena cruje bajo sus pies y las caras pintadas en las paredes parecen burlarse de ella. Sus pasos van haciéndose cada vez más lentos. Tiene la garganta seca, ni siquiera puede tragar saliva, y su frente está cubierta de un sudor frío. El sudor del miedo...

Ha llegado al montón de piedras. Sus piernas se han vuelto de plastilina, como si estuvieran a punto de dejar de obede-

cerla, y su corazón palpita con tanta fuer-
za que hasta puede escuchar sus latidos.

—¡Eh! ¿Hay alguien ahí?

Sus palabras han sonado muy bajito, pero
aun así resuenan en las profundidades del
pasadizo como si se tratara de truenos.

—No me extraña que los hombres del
profesor Walterbach huyeran como alma
que lleva el diablo… ¡Este lugar asustaría
a cualquiera!

El sonido de su propia voz parece darle
ánimos, aunque, por si las moscas, saca de

la mochila su ratoncito de peluche y lo sujeta con la mano izquierda. Si no hay otro remedio, regresará a toda prisa utilizando la magia. Pero... ¿será lo bastante rápida? En cualquier caso, está decidida a desvelar a toda costa el misterio de la momia.

Con la linterna encendida, comienza a escalar la gran montaña de piedras. Pero el sonido brota de nuevo al otro lado del montículo y Kika da un respingo.

—¡No te pares ahora! —se ordena a sí misma, y sigue trepando. Tiene que alcanzar la hendidura que se abre entre la cima del montón de piedras y el techo de la galería.

De pronto oye el sonido inconfundible de unos pasos.

«¡Adelante! ¡No pienses en nada!»

Otra vez los pasos, y esta vez no hay duda:

Proceden de algún lugar justo a su espalda… ¡Alguien está trepando detrás de ella!

Kika se queda petrificada por el miedo, y aprieta el ratoncito de peluche mientras comienza a murmurar el encantamiento del «Salto de la bruja».

Pero de repente lo piensa mejor y comienza a girar la cabeza despacio, muy despacio, como a cámara lenta. Quiere mirar cara a cara a la momia, aunque sólo sea una vez…

¿Y qué sucede? Nada. Allí no hay nadie. Sólo unas piedras que caen rodando. Seguramente las habrá empujado ella misma con el pie.

—¡Ufff! —resopla, aliviada.

Kika coge aire y continúa su ascensión. Oye otro rumor, y esta vez no se trata sólo de piedras rodando. Son pasos… al otro lado de la barrera de piedras.

Su corazón está a punto de salírsele del pecho, pero apenas le queda un metro para poder asomarse por el agujero.

El último trecho es tan empinado que Kika tiene que agarrarse a las piedras, y en un descuido… ¡el ratoncito de peluche resbala de su mano y rueda hacia abajo! Lo ilumina con la linterna mientras cae, tratando de no perderlo de vista. Al fin, una piedra frena al muñeco.

—Enseguida volveré a buscarte —murmura Kika.

Tras sujetar la linterna entre los dientes, se impulsa hacia la abertura. ¡Es demasiado estrecha! Kika escarba con los dedos hasta desprender una piedra del tamaño de un balón de fútbol, que deja caer rodando. Ha llegado el momento de asomar la cabeza por el agujero para echar un vistazo.

Kika contempla
un amplio pasa-
dizo decorado
con magníficas
pinturas.

Allí
todo
reluce,
como si aca-
baran de lim-
piarlo. No se ve
rastro de piedras, y
tampoco de momias…, al
menos hasta donde alcanza
su vista. Kika no se cansa de ad-
mirar el hermoso espectáculo. Su
miedo ha desaparecido como por arte
de magia. Si esa galería es tan espléndida,
¿cómo será la cámara funeraria?

¿Qué ha sido eso? ¡Parece que allí se ha movido algo!

Kika entorna los ojos. Su linterna ya no alumbra igual que antes; al parecer, se le están acabando las pilas. Pero está segura de haber visto una figura a unos cien metros de distancia. ¡Una figura blanca! De pronto vuelve a divisar esa inquietante silueta… Entonces intenta gritar, pero le falla la voz.

Muerta de pánico, observa cómo la figura se aproxima a ella.

¡Es la momia! Y avanza cada vez más deprisa, aunque no parece correr, sino flotar.

Al cabo de unos segundos que le parecen toda una eternidad, Kika consigue volver a pensar con claridad. ¡El «Salto de la bruja»! ¡Tiene que regresar ahora mismo! Pero entonces recuerda que ha perdido su ratoncito de peluche. ¡Porras!, ¿cómo ha podido ser tan tonta como para llegar tan lejos sin su muñeco?

Kika desciende todo lo rápido que puede por la montaña de cascotes. ¡Casi se le cae la linterna de la mano! Pero ahí está su ratoncito. Y mientras lo aprieta contra su corazón desbocado, no puede evitar mirar hacia arriba.

Allí no hay nada, ninguna momia deslizando su cabeza por la abertura.

Kika apaga la linterna y escucha con atención. Todo está en silencio. Entonces trata de poner en orden sus ideas y analizar lo que acaba de ver. ¿Era realmente una momia, o quizá sólo ha sido su imaginación? La verdad es que, ahora que lo piensa bien, la extraña figura no se correspondía con la de una auténtica momia. Más bien se parecía a una figura humana con una sábana blanca por encima…

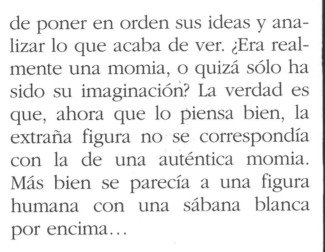

Cuanto más lo piensa, más probable le parece que allí no esté sucediendo nada sobrenatural. Seguramente sólo es alguien que quiere meterle miedo. ¿Acaso no les sucedió lo mismo al profesor Walterbach y a su equipo?

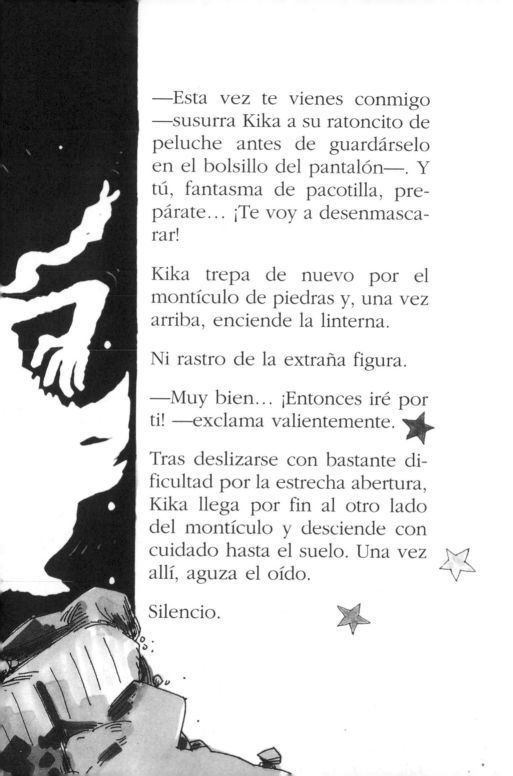

—Esta vez te vienes conmigo —susurra Kika a su ratoncito de peluche antes de guardárselo en el bolsillo del pantalón—. Y tú, fantasma de pacotilla, prepárate... ¡Te voy a desenmascarar!

Kika trepa de nuevo por el montículo de piedras y, una vez arriba, enciende la linterna.

Ni rastro de la extraña figura.

—Muy bien... ¡Entonces iré por ti! —exclama valientemente.

Tras deslizarse con bastante dificultad por la estrecha abertura, Kika llega por fin al otro lado del montículo y desciende con cuidado hasta el suelo. Una vez allí, aguza el oído.

Silencio.

Con gran cautela, comienza a avanzar por el pasadizo. Y de repente… ¡la figura blanca surge justo delante de sus narices!

Pero, para sorpresa de Kika, la misteriosa silueta pone pies en polvorosa. Al parecer, ¡tiene todavía más miedo que ella!

Kika sale disparada tras la figura. Ahora la ha visto con todo detalle. ¿Una momia…? ¡Y un cuerno! Bajo la tela blanca asoman unas piernas desnudas, unas piernas de alguien muy joven.

La figura desaparece por un pasadizo lateral, pero Kika va pisándole los talones y termina por alcanzarla.

Se trata de un chico no mucho mayor que ella misma, y está completamente aterrado.

—¡Tú debes de ser Ahmed! —dice Kika.

El sólo consigue balbucear:

—¿Cómo sabes mi nombre? ¿Y tú quién eres? ¿De dónde vienes? ¿Qué haces aquí?

¿Qué luz es esa que llevas? ¿Te han enviado los dioses?

—Perdona, pero aquí la que pregunta soy yo —replica Kika—. ¿Dónde está el profesor Walterbach?

—Se fue a su país, a buscar dinero. Nos encargó a mi padre y a mí que vigilásemos sus cosas hasta que volviera. Pero mi padre ha caído enfermo, muy enfermo. Por eso me he quedado solo aquí.

El chico enciende una lámpara de aceite y Kika descubre no lejos de allí todas las herramientas de la excavación del profesor cuidadosamente apiladas. Y también ve el diario.

—¿Cuánto tiempo hace que se fue?

—Casi tres meses. Mi padre celebra su cumpleaños pasado mañana, y el profesor prometió estar aquí para entonces. Pero no sé si podrá cumplir esa promesa...

De pronto, unos fuertes golpes resuenan a sus espaldas.

—¡Es él! ¡El profesor Walterbach! —exclama Kika.

—¡No, no! —le asegura Ahmed—. ¡Ojalá fuera así! Son ladrones de tumbas, los mismos hombres que boicotearon la expedición desde el principio, capitaneados por el funcionario de El Cairo. Hasta hoy he logrado mantenerlos a raya, asustán-

dolos igual que a ti. Pero creo que me han descubierto. La verdad es que no parezco una momia…

Los dos niños escuchan el estruendo de unas piedras al caer rodando. Es evidente que los ladrones se acercan cada vez más.

—¿Y tú crees que una momia de verdad les asustaría, Ahmed? —pregunta Kika.

—Claro, ¡pero una momia viva! —responde Ahmed con una triste sonrisa—. A eso le temerían más que a nada en el mundo…

—¿Y la cámara funeraria? ¿La has encontrado? ¡Allí dentro tiene que haber una momia!

—Claro, hasta he estado dentro, aunque no he tocado nada —asegura Ahmed—. Sólo le supliqué a la momia que se levantara de su sarcófago y acabase con esos saqueadores que sólo buscan el tesoro de su tumba…, pero no me escuchó.

—Llévame hasta allí, ¡rápido! —dice Kika.

Poco después, los dos se encuentran ante el sarcófago de piedra, y cada uno empuña una pala. Kika da las instrucciones:

—Vamos, Ahmed: mete la pala debajo de la tapa, como si fuera una palanca. ¡Entre los dos lo conseguiremos!

Centímetro a centímetro, la pesada tapa va deslizándose hacia un lado hasta que la abertura es tan ancha que les permite sacar a la momia. El cuerpo vendado es asombrosamente ligero.

Después, todo sucede muy deprisa. Kika y Ahmed avanzan al encuentro de los ladrones de tumbas, y tras ordenar al niño que se esconda en un pasadizo lateral, Kika sostiene la momia justo delante de ella.

De pronto, más de veinte gargantas masculinas estallan en un grito de terror que resuena por todo el pasadizo.

—¡Es la momia...!

—¡Y parece que se mueve...!

—¡Será mejor que corramos si queremos salvar nuestras vidas...!

La mayoría de los hombres emprenden la huida muertos de miedo. Sólo algunos se atreven a acercarse muy despacio para contemplar la momia con sus propios ojos.

—¡No está viva! —grita uno de ellos—. ¡Hay alguien que quiere tomarnos el pelo!

Kika piensa a toda velocidad. Necesita su linterna, y también la cámara con flash. La luz deslumbrante parpadea una, dos veces..., y ciega a los hombres, que jamás han visto nada parecido. A continuación, Kika ilumina la momia con su linterna.

—¡La momia brilla...!

—¡El dios Ra ha enviado un rayo de sol...!

—¡Su maldición caerá sobre nosotros...!

Los ladrones dan media vuelta y huyen despavoridos.

Ahmed sale de su escondite.

Parece muy impresionado por la hazaña de Kika, y no puede evitar preguntarle:

—¿Cómo has hecho esa magia? ¿Me dirás ahora quién eres y de dónde vienes?

Kika piensa un momento hasta que se le ocurre una explicación creíble para Ahmed:

—Me envía el profesor Walterbach. Él volverá muy pronto, y me dijo que te relevase para que puedas preparar la fiesta de cumpleaños de tu padre.

—¿Significa eso que puedo irme…?

Kika asiente.

Ahmed sonríe aliviado y echa a correr para reunirse con su padre enfermo.

—¡Dale recuerdos al profesor de mi parte! —le grita a Kika.

—Por supuesto, lo haré con mucho gusto —contesta ella.

Kika se ha quedado sola con la momia, y aprovecha la oportunidad para contemplarla tranquilamente. Ya la ha visto una vez en la exposición del museo, pero aquí, en las tinieblas del pasadizo, es bastante diferente.

De pronto, Kika escucha unas voces procedentes de una pequeña galería lateral. ¿Serán de nuevo los ladrones? Gira rápidamente la momia y se coloca detrás de ella. Las voces están cada vez más cerca…

Y entonces se lleva una sorpresa: se trata de varios hombres, pero no llevan turbantes, sino salacots, los sombreros típicos de los exploradores. ¡Es el profesor Walterbach con su equipo!

Kika no sabe si reír o llorar. Ahora ya no puede devolver la momia a la cámara funeraria sin que la vean. Tendría que contestar demasiadas preguntas... ¡Rayos y truenos! ¿Qué puede hacer ahora?

Kika deposita la momia en el suelo del pasadizo con mucho cuidado y agarra su ratoncito de peluche. Entonces murmura el sortilegio del «Salto de la bruja».

Cuando poco después aterriza en su habitación, no puede reprimir la risa. Sólo ella sabe por qué los arqueólogos no encontrarán la momia dentro del sarcófago.

Kika es la única que conoce la solución al enigma de la momia misteriosa... ¡Lástima que no pueda contárselo a nadie!

Truco egipcio
«La momia desaparecida»

Este truco desconcertará al mismísimo David Copperfield. ¡Una momia que desaparece en su sarcófago!

Para hacer el sarcófago, pega dos cajas de zapatos por la base. Después recorta los extremos de ambas cajas, hasta que éstas tengan la altura de una sola caja de zapatos.

A continuación, fórralo todo de papel o píntalo de colores, hasta que tenga un bonito y misterioso aspecto egipcio. No te olvides de la tapa: es importante que el

sarcófago tenga el mismo aspecto por arriba que por abajo. Luego pinta de negro el interior del sarcófago. Esto es fundamental, porque así el espectador lo verá más profundo de lo que es en realidad.

Para hacer la momia, venda un muñeco (también puedes usar un cucharón) con papel higiénico.

Cuando celebres tu gran función de magia, empieza por mostrarle el sarcófago a tu público y mete la momia en su interior.

A continuación coloca la tapa y, mientras distraes a los espectadores recitando extrañas fórmulas mágicas, da la vuelta a la caja a toda velocidad. Entonces podrás enseñar el sarcófago vacío a tus asombrados amigos.

¡La misteriosa momia ha vuelto a desaparecer!

Truco egipcio
«Jeroglíficos misteriosos»

Tras visitar la exposición sobre el antiguo Egipto, Kika y su amiga Mónica han decidido estudiar la escritura jeroglífica.

Esta escritura se basa en unos signos antiquísimos que los escribas egipcios utilizaban para redactar textos.

Kika y Mónica han creado una escritura secreta a partir de estos signos, que también permite escribir palabras en nuestro idioma.

¡Ahora pueden mandarse mensajes en clave!

116

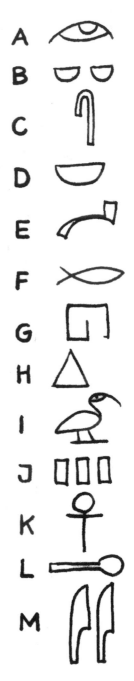

N
O
P
Qu
R
S
T
U
V
W
X
Y
Z

Tú también podrás mandar mensajes secretos a tus amigos con ayuda de estos signos, pero antes, entrénate descifrando el siguiente mensaje de Kika:

SI LEES DE ARRIBA ABAJO,
LA FRASE DICE:
¿TE HA GUSTADO MI NUEVA AVENTURA?

¡Hola!

Este que ves en la foto soy yo. Me llamo **Knister,** y soy el autor de las aventuras de Kika Superbruja.

Como siempre me ha gustado vuestro mundo, el de los chicos y chicas como tú, he escrito muchos libros y canciones para vosotros, y también obras de teatro.

Me encanta presentar programas de lectura en la tele, la radio, las bibliotecas, los teatros y las librerías de mi país (que, por cierto, es Alemania), y también disfruto mucho cuando realizo trabajos para chicos y chicas que son discapacitados psíquicos, o disléxicos, o ciegos..., todos ellos de tu misma edad.

Pero lo mejor de todo es cuando vosotros participáis conmigo en lo que hago, leyendo mis libros y compartiendo las aventuras de los personajes que los protagonizan.

En esta ocasión he querido presentaros a Kika Superbruja. Como es una bruja supersecreta, me costó bastante que me explicara sus trucos de magia, pero al final lo conseguí. Aunque..., no sé por qué, pero me da la impresión de que Kika Superbruja no me ha contado todos sus supersecretos... ¡y a lo mejor todavía le quedan unos cuantos hechizos guardados en la manga!

Índice

Trucos egipcios

Los libros de KNISTER

en **ⓑ Bruño**

n.º 5

n.º 6

KNISTER

KiKa Superbruja loca por el fútbol

KNISTER

KiKa Superbruja y la magia del circo

KNISTER

KiKa Superbruja revoluciona la clase

KNISTER

KiKa Superbruja y la momia

n.º 7

Superbruja y la ciudad sumergida

n.º 8

KNISTER

KiKa Superbruja y la espada mágica

n.º 9

KiKa Superbruja en el castillo de Drácula

n.º 10

n.º 140

alta mar

n.º 1

quique&lucas
locopilotos

n.º 2

n.º 3

n.º 4